AF532238

Lieber Opa,

dies ist dein Buch, in dem du deine Geschichte erzählst.
Fühle dich frei, es so auszufüllen, wie du möchtest.
Wie oft und wie viel du hineinschreibst, bestimmst du allein.
Du kannst Fragen verändern, die du lieber anders beantworten möchtest.
Füge Fotos hinzu, die dir etwas bedeuten.
Tu, was sich für dich gut und richtig anfühlt.
Wenn du fertig bist, gibst du das Buch deinem
Enkel oder deiner Enkelin zurück.
Auf diese Weise reichst du die Geschichte deines
Lebens an jemanden weiter, der dich liebt.

Als meine Mutter 2004 schwer erkrankte, wurde mir bewusst, dass ich sie noch so viel fragen wollte. Dazu, wie sie früher war, aber auch zu den großen und kleinen Träumen in ihrem Leben. Und mir wurde klar, dass ich ihr nicht oft genug gesagt hatte, wie wichtig sie für mich war.

So entstand *Mama, erzähl mal!*, ein Buch voller Fragen, die ich zu ihrem Leben hatte. Es zu schreiben, war meine Art, meiner Mutter zu zeigen, wie sehr ich sie liebte. Den Tag, als sie mir das ausgefüllte Buch zurückgab, werde ich nie vergessen. Ich hatte gehofft, Antworten auf meine Fragen zu erhalten – und ich bekam so viel mehr zurück. Meiner Mutter hatte es viel Spaß bereitet, das Buch auszufüllen und Bilder und Geschichten mit mir zu teilen, die ich noch nicht kannte. Unsere Beziehung vertiefte sich und wir entwickelten eine ganz neue Art von Nähe. Was zuvor ein leeres Buch gewesen war, wurde das wertvollste Geschenk, das ich je in meinem Leben bekommen habe: Die Geschichte von meiner Mutter und mir.

Es zeigte sich, dass ich nicht die Einzige war, die das Bedürfnis hatte, mehr über ihre Mutter zu erfahren. Ich erhielt Anfragen für ähnliche Bücher für Großväter, Großmütter und Väter. Und dank der Bücher habe ich in den letzten Jahren viele lustige, schöne und rührende Geschichten gehört, von Großvätern und Enkelkindern, die echte Nähe zueinander entwickelten, Familienanekdoten teilten und Erinnerungen heraufbeschworen. Das Buch löst vieles in den Menschen aus, die sich damit beschäftigen, und das hat es noch wertvoller für mich gemacht.

Du hältst *Opa, erzähl mal!* in deinen Händen weil du etwas Besonderes bist für die Person, die dir dieses Buch geschenkt hat. Normalerweise gibt man seine Geschenke nicht zurück. Dieses Buch ist eine Ausnahme. Ich nenne es ein »Give & Get Back Book« – ein Buch zum Verschenken, das man zurückbekommt. Meine Hoffnung ist, dass du die Fragen beantwortest und das Buch dem Menschen zurückgibst, der es dir geschenkt hat.

Ich träume davon, dass alle Großväter dieses Buch ausfüllen und auf diese Weise ihren Kindern und Enkelkindern etwas Wertvolles hinterlassen – etwas Bleibendes, für immer.

Alles Liebe
Elma van Vliet

Opa, erzähl mal …

ELMA VAN VLIET

Über das Kleinsein und das Größerwerden

Über die Kindheit

Wann und wo wurdest du geboren? War das zu Hause oder im Krankenhaus?

Was passierte gerade in der Welt, als du geboren wurdest?

Wie lautet dein vollständiger Name?

Weißt du, warum deine Eltern ihn gewählt haben?

Hattest/hast du einen Spitznamen? Oder einen Kosenamen?

Was für ein Kind warst du, als du klein warst?

Warst du schüchtern oder eher vorwitzig?

Hattest du einen Lieblingshelden, den du gern nachgespielt hast?

Über die Kindheit

Welche Erinnerungen hast du an die Zeit, als du klein warst?

Denkst du gern an diese Zeit zurück?

Welche Menschen und Dinge waren dir damals wichtig?

Warst du als Kind auch einmal länger krank?

Und hast du mal im Krankenhaus gelegen?

Hattest du ein Lieblingsspielzeug? Und wenn ja, welches?

Hast du lieber drinnen oder draußen gespielt?

Über die Kindheit

Welche Spiele mochtest du am liebsten?

Meinst du, dass wir manche Spiele von früher heute nicht mehr kennen?

Mit wem hast du am liebsten gespielt?

Was habt ihr an den Wochenenden gemacht? Tagsüber und abends?

Und was habt ihr in den Ferien gemacht?

Über die Kindheit

Welche Bücher hast du als Kind gern gelesen?

Wurde in eurer Familie viel gelesen?

Welche Lieder hast du in deiner Kindheit gern gesungen? Wie hast du sie gelernt?

Welchen Tag im Jahr mochtest du am liebsten?

Warum war dieser Tag so besonders für dich?

Was war das Schönste an der Kindheit zur damaligen Zeit?

Platz für Fotos …

... und weitere Geschichten und Erinnerungen

Über deine Eltern und Großeltern

Wie hießen deine Eltern?

Weißt du, wann und wo sie geboren wurden?

Weißt du auch, wann und wo deine Omas und Opas geboren wurden?

Weißt du, wie sich deine Großeltern kennengelernt haben?

Hast du deine Großeltern gekannt?

Waren sie wichtig für dich?

Was waren deine Großväter von Beruf? Haben deine Großmütter auch gearbeitet?

Über deine Eltern und Großeltern

Was sind deine schönsten Erinnerungen an deine Großeltern?

War deiner Familie die Verwandtschaft wichtig?

Gab es bei euch regelmäßige Familientreffen?

Hattest du einen Lieblingsverwandten? Wer war das?

Warum fandest du ihn/sie besonders nett?

Gab es in eurer Familie auch ein »schwarzes Schaf«?

Über deine Eltern und Großeltern

Und gab es auch eine bekannte Persönlichkeit?

Wurde bei euch zu Hause viel über »früher« gesprochen?

Welche Themen kehrten dabei immer wieder?

Wie haben dich deine Eltern erzogen?

Wie würdest du die Beziehung deiner Eltern zueinander beschreiben?

Gab es eine traditionelle Rollenverteilung?

Über deine Eltern und Großeltern

Weißt du, wie sich deine Eltern kennengelernt haben?

Haben sie manchmal davon erzählt?

Spielte Religion eine wichtige Rolle für sie?

Wurdest du religiös erzogen?

Was für einen Beruf hatte dein Vater?

Was für eine Art von Vater war er?

Wie war dein Verhältnis zu ihm?

Über deine Eltern und Großeltern

Welche schönen Erinnerungen hast du an deinen Vater?

Was habt ihr am liebsten gemeinsam gemacht?

Hat deine Mutter auch gearbeitet? Und wenn ja, welchen Beruf hat sie ausgeübt?

Wie hast du deine Mutter erlebt?

Wie war deine Beziehung zu ihr?

Über deine Eltern und Großeltern

Welche schönen Erinnerungen hast du an sie?

Was habt ihr immer gern zusammen gemacht?

Wie verbrachten deine Eltern ihre freie Zeit?

Hatten sie Hobbys?

Wem ähnelst du äußerlich mehr, deinem Vater oder deiner Mutter?

Und vom Charakter her?

Worin bestehen diese Ähnlichkeiten?

Was sind die wichtigsten Ratschläge, die dir deine Eltern fürs Leben mitgegeben haben?

Könntest du versuchen, den Stammbaum unserer Familie aufzuzeichnen?

Platz für weitere Geschichten und Erinnerungen

Platz für Fotos …

Über deine Familie

Hast du Geschwister?

Sind sie älter oder jünger und wie heißen sie? Wann wurden sie geboren?

Zu wem in deiner Familie hattest du in deiner Kindheit die engste Beziehung?

Wart ihr euch vom Charakter her ähnlich oder eher nicht?

Wie würdest du eure Familie beschreiben?

Was war das Schönste an ihr?

Gab es bei euch Traditionen, an die du gern zurückdenkst?

Hattet ihr spezielle »Sonntagskleidung«?

Was trug man damals?

Über deine Familie

Wann bekam man als Kind neue Kleidung?

War das wichtig für dich?

Welchen Anteil an deiner Erziehung hatte dein Vater?

Einen genauso großen wie deine Mutter?

Musstest auch du als Junge im Haushalt helfen?

Welche Pflichten hattest du?

Gab es feste Tage, an denen bestimmte Arbeiten im Haushalt erledigt wurden?

Über deine Familie

Welche Reinigungsmittel wurden damals benutzt?

Erinnerst du dich noch daran, wie sie gerochen haben?

Welche elektronischen Geräte wurden im Lauf deiner Kindheit und Jugend erfunden und wie haben sie euer Leben verändert?

Gab es Dinge, die ihr als Familie immer gemeinsam unternommen oder erledigt habt?

Habt ihr damals oft gemeinsam Radio gehört? Was waren eure Lieblingssendungen?

Über deine Familie

Hattet ihr auch schon einen Fernseher?

Welche Sendungen waren damals beliebt?

Wo habt ihr damals gewohnt? Weißt du noch die Adresse?

Und hattet ihr ein Haus oder eine Wohnung?

Seid ihr irgendwann mal umgezogen?

Hattest du ein eigenes Zimmer? Weißt du noch, wie es aussah?

Welche Geräusche oder Gerüche verbindest du mit deinem Elternhaus?

Hattest du zu Hause einen Lieblingsplatz?

Über deine Familie

In was für einer Gegend bist du aufgewachsen?

Hattet ihr viel Kontakt zu den Nachbarn?

Wo habt ihr eingekauft? Und wie oft?

Seid ihr immer in dieselben Läden gegangen?

Weißt du noch, was in deiner Kindheit eine Flasche Milch gekostet hat? Und ein Brot?

Was war früher deine Lieblingsspeise? Und was mochtest du überhaupt nicht?

Musstet du das trotzdem aufessen?

Über deine Familie

Was habt ihr an normalen Wochentagen gegessen?

Gab es immer warme Mahlzeiten?

Welche Gegenstände, die du heute noch hast, sind schon lange in Familienbesitz?

Wie habt ihr früher deinen Geburtstag gefeiert? Was hat dir das bedeutet?

Was war für dich das Schönste an diesem Tag?

Was ist das schönste Geburtstagsgeschenk, das du je bekommen hast?

Wie alt warst du da?

Über deine Familie

Wie habt ihr früher Weihnachten gefeiert?

Wie lange hast du an das Christkind geglaubt und wie bist du dahintergekommen, dass es gar nicht das Christkind war, das die Geschenke brachte?

Welche anderen Tage habt ihr im Familienkreis gefeiert?

Wie habt ihr sie verbracht?

An welche Ausflüge und Urlaube von damals denkst du noch heute gern zurück?

Über deine Familie

Konntet ihr bei euch zu Hause über eure Gefühle sprechen?

Habt ihr als Familie auch mal schwierige Situationen und Phasen durchlebt?

Wie seid ihr damit umgegangen?

An welche Phase deiner Kindheit und Jugend denkst du gern zurück?

Gibt es einen Tag, der dir unvergesslich geblieben ist?

Was ist deiner Meinung nach der größte Unterschied zwischen der Kindheit damals und heute?

Platz für Fotos …

Über das Größer- und Erwachsenwerden

Wie alt warst du, als du in die Schule gekommen bist?

Wie hieß deine Schule?

Wie bist du jeden Tag zur Schule gekommen?

Was hat dir an der Schule am besten gefallen?

Wie sah ein normaler Schultag damals aus? Wann begann der Unterricht?

Hattest du auch am Samstag Schule?

Erzähl mal von etwas besonders Lustigem, das in der Schule passiert ist.

Hast du früher manchmal Streiche ausgeheckt? Kannst du dich noch an einen erinnern?

Über das Größer- und Erwachsenwerden

Wie habt ihr eure Lehrerinnen und Lehrer angesprochen?

Hattest du eine Lieblingslehrerin bzw. einen Lieblingslehrer?

Erinnerst du dich noch an ihren oder seinen Namen?

Warum war diese Lehrerin/dieser Lehrer etwas Besonderes für dich?

Gab es auch Lehrer, die du nicht mochtest? Woran lag das?

Was wolltest du werden, wenn du groß bist?

Warst du ein guter Schüler? Oder hat die Schule dir nicht so viel Freude bereitet?

Hattest du ein Lieblingsfach? Und welches mochtest du überhaupt nicht?

Habt ihr Klassenfahrten unternommen? Wo seid ihr hingefahren?

Über das Größer- und Erwachsenwerden

Was hast du nach der Schule am liebsten gemacht?

Welche Erinnerungen hast du an die Grundschulzeit?

Wolltest du gern auf die höhere Schule? Hattest du diese Möglichkeit?

Was für einen Schulabschluss hast du gemacht?

Wie warst du als Jugendlicher? Welche Ansichten hattest du?

Über das Größer- und Erwachsenwerden

Welche historischen Ereignisse haben sich in deiner Kindheit und Jugend abgespielt?

Hattest du Hobbys? Und wenn ja, welche?

Welche Musik hast du gern gehört?

Warst du Fan von einer bestimmten Band, einem Musiker oder einer Musikerin?

Bist du manchmal abends ausgegangen? Und wenn ja, wohin?

Über das Größer- und Erwachsenwerden

Was war damals modern? Wie hast du ausgesehen?

Was war deine erste Arbeitsstelle und wie hast du sie gefunden?

Wie alt warst du damals?

Weißt noch, was du damals verdient hast?

Hast du noch zu Hause gewohnt?

Was war dein erstes Auto?

Weißt du noch, was es gekostet hat?

Über das Größer- und Erwachsenwerden

Mit wem warst du damals befreundet?

Hast du noch Kontakt zu Freunden/Freundinnen von damals?

Wie war das Verhältnis zu deinen Eltern, nachdem du angefangen hattest zu arbeiten?

Waren sie stolz auf dich? Und wenn ja, haben sie dir das gesagt?

Über das Größer- und Erwachsenwerden

Bist du lange bei deiner ersten Arbeitsstelle geblieben oder hast du dir schon bald etwas Neues gesucht?

Welche Arbeit hat dir im Lauf deines Berufslebens am besten gefallen und warum?

Was ist deiner Meinung nach der größte Unterschied zwischen dem Lernen und Arbeiten damals und heute?

Welchen Ratschlag würdest du mir für meine Ausbildung und das Arbeitsleben gern mit auf den Weg geben?

Platz für Fotos …

Über die Liebe und das Opasein

Über die Liebe und das Vaterwerden

Wo und wie hat man früher Mädchen kennengelernt?

Fiel dir der Umgang mit Mädchen leicht oder warst du eher schüchtern?

Weißt du noch, wann du dich zum ersten Mal verliebt hast und in wen?

Hattest du viele Freundinnen in deinem Leben?

Über die Liebe und das Vaterwerden

Hat dir mal jemand das Herz gebrochen? Wie bist du damit umgegangen?

Bist du aufgeklärt worden? Und wenn ja, von wem und wie?

Wie und wann hast du Oma kennengelernt? War es Liebe auf den ersten Blick?

Wie war eure erste Verabredung?

Über die Liebe und das Vaterwerden

Wie hast du Oma gezeigt, dass du sie magst?

Was hat dir an Oma besonders gut gefallen?

Welche Erinnerungen hast du an die Zeit eurer ersten Verliebtheit?

Hast du Oma einen Heiratsantrag gemacht? Und wenn ja, wann und wie?

Wie lief euer Hochzeitstag ab?

Über die Liebe und das Vaterwerden

Habt ihr eine Hochzeitsreise gemacht? Und wenn ja, wohin?

Wie lange seid/wart ihr zusammen?

Was sind deine wichtigsten Tipps für eine gelungene Beziehung?

Und was sollte man in einer Beziehung auf keinen Fall tun?

Über die Liebe und das Vaterwerden

Wolltest du immer schon Kinder haben?

Weißt du noch, wann und wo du erfahren hast, dass Oma mit meiner Mutter/meinem Vater schwanger war?

Weißt du noch, wie du dich damals gefühlt hast?

Wie war mein Vater/meine Mutter als Kind?

Hast du deine Kinder anders erzogen als deine Eltern dich?

Was war der größte Unterschied?

Was ist das Schönste am Vatersein?

Und das Schwierigste?

Platz für Fotos …

Über das Opasein

Wie alt warst du, als du zum ersten Mal Großvater geworden bist?

Weißt du noch, wo du gerade warst, als ich geboren wurde?

Wie hast du von meiner Geburt erfahren?

Wusstest du im Vorfeld schon, ob ich ein Junge oder ein Mädchen werden würde?

Ist es genauso schön, Enkel zu haben wie eigene Kinder? Oder ist es vielleicht noch schöner?

Was ist daran anders?

Hat es dich verändert, Großvater zu sein? Und wenn ja, in welcher Hinsicht?

Über das Opasein

Was ist der größte Unterschied zwischen deinem eigenen Großvater und dem Opa, der du für mich bist?

Ist manches auch gleich?

Was ist das Schönste am Opasein?

Was sind/waren für dich die schönsten Momente mit deinen Enkelkindern?

Was sind deine besten Erziehungstipps?

Platz für Fotos …

Über Freizeit und andere schöne Dinge

Über Hobbys, Reisen und Freizeit

Wie hast du früher am liebsten einen freien Tag verbracht? Was tust du heute?

Wohin fährst du am liebsten in Urlaub?

Und warum gerade dorthin?

Wohin ging deine erste Urlaubsreise?

Wann war das und mit wem warst du unterwegs?

An welchen Urlaub denkst du heute noch gern zurück?

Über Hobbys, Reisen und Freizeit

Welche Orte auf der Welt sollte ich deiner Meinung nach noch besuchen?

Hat sich dein Musikgeschmack im Lauf der Jahre verändert?

Was hast du früher gern gehört? Was ist heute deine Lieblingsmusik?

Welche Hobbys hast du?

Treibst du Sport? Hat sich daran im Vergleich zu früher etwas verändert?

Über Hobbys, Reisen und Freizeit

Bist du Fußballfan? Hast du einen Lieblingsverein?

Bist du ein begeisterter Heimwerker? Wenn ja, welches war dein bestes Projekt überhaupt?

Wofür kann man dich nachts aus dem Bett holen?

Welches ist das beste Restaurant, in dem du je gegessen hast?

Mit wem gehst du gern essen?

Über Hobbys, Reisen und Freizeit

Wie sieht für dich ein perfektes Wochenende aus?

Was sind deine drei Lieblingsbücher?

Welche Sendungen schaust du dir gern im Fernsehen an?

Was ist der beste Film, den du je gesehen hast?

Platz für Fotos …

Über dich und den besonderen Menschen, der du bist

Über Erinnerungen

Welche historischen Ereignisse haben dein Leben beeinflusst?

Gibt es ein Musikstück, einen Geruch oder etwas anderes, das dich an einen schönen Moment aus der Vergangenheit erinnert?

Welche der Träume, die du früher hattest, haben sich erfüllt?

Welche Träume möchtest du noch verwirklichen?

Hast du ein Lebensmotto?

Über Erinnerungen

Auf was, das du im Leben erreicht hast, bist du stolz?

Was würdest du gern noch erreichen?

Hast du einmal eine berühmte Persönlichkeit kennengelernt?

Wer war es und wie fandest du sie oder ihn?

Was von dem, das dich das Leben gelehrt hat, würdest du gern an mich weitergeben?

Über welchen Unsinn, den du mal angestellt hast, musst du heute noch lachen?

Über Erinnerungen

Welche Ereignisse in deinem Leben haben dich geprägt?

Nach welcher Phase in deinem Leben sehnst du dich manchmal zurück?

Welches waren die besten Entscheidungen in deinem Leben?

Gibt es etwas, das du bereust?

Über Erinnerungen

Welcher gute Vorsatz war dein bester?

Welche Momente aus der Vergangenheit würdest du gern noch einmal erleben?

Was in deinem Leben würdest du heute anders machen, wenn du die Chance dazu bekämst?

Welche historischen Persönlichkeiten bewunderst du?

Wer oder was inspiriert dich?

Warum?

Über Erinnerungen

Wem hast du viel zu verdanken?

Von wem hast du viel gelernt?

Inwiefern hast du dich im Vergleich zu früher verändert?

Was ist der größte Unterschied?

Gab es wichtige Menschen in deinem Leben, von denen du Abschied nehmen musstest?

Wie hast du diesen Verlust verarbeitet?

Platz für Fotos …

Über Wünsche und Träume

Was ist deiner Meinung nach wirklich wichtig im Leben?

Wie viel bedeutet dir dein Zuhause?

Wo ist dein Lieblingsort?

Wann hältst du dich am liebsten dort auf?

Bist du dort lieber allein oder mit jemandem zusammen?

Über Wünsche und Träume

Welche Tage des Jahres sind besonders wichtig für dich?

Was machst du an diesen Tagen am liebsten?

Welche Traditionen bedeuten dir viel?

Was bedeutet Glück für dich? Hat sich deine Vorstellung von Glück im Lauf der Jahre verändert?

Was sind deine besten Eigenschaften?

Über Wünsche und Träume

Würdest du gern irgendetwas an dir verändern?

Was würdest du gern noch lernen?

Was ist deiner Meinung nach das Gute am Älterwerden?

Womit bringe ich dich garantiert zum Lachen?

Über Wünsche und Träume

Was rührt dich?

Hast du einen Lieblingswochentag? Und welcher Monat ist für dich der Schönste?

Wenn du für einen Tag die Welt regieren könntest, was würdest du als Erstes tun?

Wie hat sich die Welt in deinen Augen im Lauf deines Lebens verändert?

Über Wünsche und Träume

Was bedeutet Freundschaft für dich?

Wer sind deine besten Freunde und warum?

Was ist das größte Geschenk, das man jemandem machen kann?

Wer oder was gibt dir Kraft in schweren Zeiten?

Was ist das schönste Kompliment, das man dir je gemacht hat?

Über Wünsche und Träume

Welche Orte/Länder würdest du gern noch besuchen?

Was sind die absoluten Höhepunkte deines Lebens?

Wovon träumst du noch?

Platz für Fotos …

Platz für Fotos …

Über uns beide

Erzähl mal über mich

Gibt es bestimmte Eigenschaften in unserer Familie, die du in mir wiedererkennst?

Bin ich dir ähnlich? Was habe ich deiner Meinung nach von dir?

Welchen gemeinsamen Moment mit mir würdest du gern noch mal erleben?

Gibt es etwas, das du gern noch mit mir unternehmen und erleben möchtest?

Erzähl mal über mich

Was gefällt dir am besten an unserer Beziehung? Und was könnten wir noch verbessern?

Welche Ratschläge würdest du mir gern mit auf den Weg geben?

Auf welche Entscheidungen, die ich getroffen habe, bist du stolz?

Was gefällt dir an mir?

Erzähl mal über mich

Was hast du von mir gelernt?

Was würdest du dir noch für mich wünschen?

Was würdest du mir gern noch erzählen?

Was wolltest du mich schon immer mal fragen?

Platz für Fotos …

Platz für Fotos …

Platz für Fotos …

Platz für Fotos …

ELMA VAN VLIET

Originaltitel: Opa, vertel 's!

Aus dem Niederländischen
von Ilka Heinemann
und Matthias Kuhlemann
Überarbeitet von Stefanie Schäfer

Besuchen Sie uns im Internet: www.elmavanvliet.de

Überarbeitete Neuausgabe

Ein Imprint der Verlagsgruppe
Droemer Knaur GmbH & Co. KG
Landsberger Straße 346, 80687 München

Covergestaltung: AnneMarie Adriaans, Amsterdam
Innengestaltung: Linda Sier, Bussum
Satz: Daniela Schulz
Druck und Bindung: AZ Druck und Datentechnik GmbH

ISBN 978-3-426-65592-4

Kontaktadresse nach EU-Produktsicherheitsverordnung:
produktsicherheit@droemer-knaur.de

16 18 19 17 15